KB273861

떠난 후에야

떠난 후에야

장옥순 시집

북허브

떠난 후에야 알았습니다.

다시는 볼 수 없는 것이
그리움이란 걸.

가버린 세월 속에
들어진 것이 그리움인 것을.

정 하나 남기고
떠난 후에야 알았습니다.

살아가면서
쌓이는 그리움들을

가버린 날들의 아쉬움들은 어떻게도 메꿀 수가 없는
아픔만 남아 자꾸만 뒤돌아보는 회한들로 아려옵니다.

부족함 투성이의 글들은
나를 망설이고 또 망설이게 했습니다.

세월이 지나면서 그리움으로 남겨지는 시간을
한 자 한 자 담아보고 내 삶의 일상들을 담아보았습니다.

부족한 글들입니다.
멀고 먼 길 묵묵히 살아온 날들의 푸념들이라 여기시고
넓으신 아량으로 보아 주셨으면 하는 바람입니다.

장옥순 드립니다

| 차 례 |

2부

3부

4부

5부

1부

봄이

그리움 담은 봄날
언제 가버렸는지
벌써 벚꽃이

꽃비 되어
바람에 날리며
짙어지는 녹음에

조금은 낯선
어설픈 봄날

화들짝 놀라
돌아보니

봄날은
저만큼 가는 중

내 몫

흘러간 세월 함께
잊혀버릴
법도 하건만

추억 속에 들어진 그리움
되어 버리고

가슴에 자리잡은
그리움

내 몫이라네요

살구꽃

분홍빛 살구꽃
화사한 봄날

시골집 울 너머로
퍼져 나가던 봄의 전령들

복숭아꽃 살구꽃으로
아름답던 고향

시골뜨기 어렸던 날들의
그리움 그리움들

떠나 버린 후에야

떠난 후에야 알았습니다
다시는 볼 수 없는 것이
그리움이란 걸

가버린 세월 속에
그리움인 것을

정 하나 남기고
떠난 뒤에야
알았습니다

살아가면서
쌓이는 그리움들을

대추차 한잔

찻집 다향
이정표 아래 붙은 작은 간판

비를 핑계로
들어가 주문한 대추차 한잔

생각보다 좋은 차 맛에
느긋하게 보낸 오후 한나절

참새들의 쉼터가 된 모이 그릇
같이 놓인 커다란 물그릇

뒷뜰의 소박한 꾸밈새에
그리워지는 고향집

낙엽이 날리는 가을날
조용히 눈이 내리는 하얀 겨울날

대추차 한잔이 생각날 때
한 번쯤 그리워질 다향

망해사

한적한 바닷가에 자리한
아름다운 풍경을 가진
망해사

바다의 평안을 염원하는
육층석탑과 종각이
기도의 도량임을 알리고

갯바람에 흔들거리는
갈대들의 춤사위는
바다가 가진 멋

시원한 바닷바람에
한숨 돌리며
바라보는
기도의 도량 망해사

그리움은

가슴에 둥지를 튼
그리움은

메마르지 않는
행복을 만들어 줍니다

긴 겨울밤
그리움 있어
행복한 삶이 되는 것을

봄이 오는 길목

봄은
꽃샘바람 속에도
살포시 숨어 오나 봐

아지랑이
고운 색으로 조금씩 물들이며

오는 길 따라
조금씩 고운 꽃소식 퍼트리며

봄은 화사하게
그렇게 오는가보다

벚꽃이 지던 날

한숨 같은 바람에도
하늘하늘
춤추며

곱게 날리는
춤사위 들은
작은 꽃 잎새들의
눈물 어린 서러움들

발에 밟혀 질까
안쓰러워
조금 떨어져 바라보는
꽃비

아름답고
화사한 봄날의
벚꽃이 지는 모습들은

눈물인 거야

할미섬의 해질녘

망망대해 서해 바다
고운 색으로 물든

조용히 어둠이
내려 버린
외로운 할미바위

파도 소리와 같이
어울지는 겨울밤

고운 노을만
여운으로 남겨두고

흔적도 없이
사라지는 겨울밤의 해질녘

가버린 친구

잠은 멀리 가버리고
이 밤엔 눈이 내린다

함박눈이 소리도 없이
바람에 휘몰아치며
내리는데

며칠 전
말없이 떠나버린 친구가
가슴 아리게 한다

얼마나 외로웠을까
배웅해 주는
친구 하나 없이 떠나는 길

가슴에 남아
눈시울이 젖어 진다

눈은 내려
쌓이고 또 쌓이는데

길

혼자 걸어가는
당신은 너무 외로워 보여요

삭막한 그 길
끝이 어디인지 보이지 않고

망연히
서 있는 모습엔
눈이 젖어 오네요

밤안개

소리도 없이 퍼지는
밤안개

젊었던 날들의
추억 속을 찾아 나서는
낭만 같은 것

가로등 불빛에
밤안개는 젖어 오는데

빛나는 찬란한 억새와
밤안개들의 이야기들

봄날

그리움도
소중한
추억들인데

비어져 가는
가슴은
허공만 바라봅니다

부드러운
봄 바람에 살랑거리는
작은 풀꽃들

하염없이 바라보다
한숨 삼키며
조용히 돌아서는 발길

끈끈이 대나물

나물이라 해도
나에겐
고운 꽃일 뿐

그냥 미소 담긴 눈으로
바라만 볼 거예요

살랑대는 바람에
부드럽게 한들거리는

우아한 꽃 잎새들의
아름다운 모습들

곱디 고아서
바라만 보아도 행복인 것을

봄까치꽃

꽃잎은
또 왜
색은 왜 그리도
곱고 아름다운지

연보랏빛 잎새들에
바라본 하늘

꽃보다 고운
하늘빛

서해의 동백정

한 겹 동백의
조촐함이 눈을 붙든다

봄이 왔다고
잊지 않고 피어나는 꽃봉오리들

서해 바다 마주하고
자라나던 동백나무들

어김없이 철 찾아
피어나는 고운 동백꽃

서해 바다 먼 수평선
출렁이는 물결 소리 자장가 삼아

곱게 피어 나는
고운 동백꽃들이 아름다운 봄날

거실의 봄

거실로 옮겨 놓은
화분 꽃들이
피어나기 시작했다

봄이 온 거실
밖은 아직도 꽃 소식
기다림인데

마당의 꽃들
얼마큼 더 기다려야 하나

가을 잠자리

마당에 가을 잠자리 맴돌고
벌써 가을은 오나 보다

가을은
기다림 속에 오는가

조금씩
가을이 물들어 가고

조금씩 조금씩
가을이 물들어 가며

그렇게
가을은 오나 보다

하얀 나비

창문을 열자
눈에 띄는
흰나비 한 마리

장맛비 속에
꿀 찾아 고생하는 나비가
안쓰러워지는 아침

시들어 버린 수국들
꽃송이들에
이꽃 저꽃으로
바꾸어 앉아 보는 나비의 몸짓

줄 꿀이 없는 아침
나비의 날갯짓을 바라보는
안타까움

울 넘어 옆집 마당엔
나리꽃 몇 송이 피었던데
꿀 좀 얻을 수 있지 않을까

동백꽃의 봄날

동백꽃 피어나는 봄
아래로 늘어진 동백꽃 가지들

작은 마당에는
곱게 피어나는 빨강 동백꽃으로

새봄 맞이하는
예쁜 봄날

아직은 파란 열매
주렁주렁 매달고 있네요

하얀 장미

고귀함을 품은
순백의 하얀 장미꽃

청순함으로
더 아름답습니다

다른 이유는 없습니다
그냥 좋은걸요

하얀 장미
바라만 보아도

가슴을 설레게 하는
귀품 묻어나는 꽃

2부

어리연꽃

곱게 피어난
가녀린 어리연꽃

너무 고운 자태에 한숨이
입안에 머물고

숨만 크게 쉬어도
행여 꺾일세라

눈을 감아도
물밑에 들어있는 반영까지도

어리연꽃 고운 모습은
내 가슴에 아른거리네요

해무리 진 석양

안개 같은
해무리에 쌓여
은은하게 아름다운
해질녘의 석양

차가운 겨울바람
해무리에 쌓여
저물어 가는 서쪽 하늘

곱게 물감 풀어 놓은
해질녘의 아름다운
수채화 한 폭

비어버린 둥지

눈앞을 아른거리는
즐거웠던 추억

그리움 때문일까
보고파서 한숨이 삼켜지고

떠나 버린 다음에서야
알게 되는 그리움 그리움들

가슴에 자리잡은
그리움이

행복임을
알아가는 늦깎이 인생

친구야

미안해
한 번쯤 더 만나러
갔어야 했다

이렇게 빨리 갈 줄은
생각도 못했는데

아직은 먼 줄만 알았다
우리들의 가야 할 날들

하얀 연꽃이 피면
겹사겹사 청운사로
만나러 간다 했잖아

이젠 너 없어
갈 일이 없네

백련은 곱게 피었는데
인숙아 너 보고 싶다

가슴 시려오는 봄날이다

해바라기의 석양

아름다운 노을에
곱게 물든 해바라기꽃들

해님 따라 피어온 하룻길에
마주한 석양

살짝 고개 숙이는
해바라기의 외로움들

아름다운 석양에
한 폭의 수채화처럼 펼쳐진

해바라기꽃들의
아름다운 저녁 노을들

슬픈 해바라기들

꽃잎이
아름답고 크게
피어난 해바라기

오늘도
열심히 햇님
따라가는 길

꽃이
너무 무거워
가든 길 멈춰 서 버린

안쓰러운
가분수로 커버린
꽃송이들

해바라기꽃들의
슬픈 이야기

세월

한 해가 가버리는
가을날엔

비어 버린 둥지만
넓어지는 날

남겨진 것이라곤
눈물만 흔해지는 나날들

그 눈물조차도
감사함으로 받아들이는

노년의 계산 없는
외로움인가 보다

가을이 오는 길은

가을은
바람 속에도
조금씩 묻어오나 봐

오는 길마다
조금씩
가을색으로 물들이며
그렇게 오나 보다

조금씩 물들며
오는 줄도 모르게
살짝 내려앉는 가을물들

고운 노을빛으로 물들이는
가을날의 애상

그리움

볼 수가 없는
허상이
그리움이라 했다

알면서도
가슴 가득 차오르는
보고픔 보고픔들

그리움 불러오는
높아져 가는
가을 하늘

한숨 삼키며
살짝이
돌아서는 가슴엔

허무함만
남아 있는
비어버린 둥지 둥지들

가끔씩

가끔씩
아른거립니다

찬바람 서늘함
옷깃을 여미게 하는 아침

허전한 가을 잎새들
먼 길 떠날 준비하는 날

이제 이별의 그림자
눈앞에 드리웠는데

이별은 어디쯤
오고 있을까

구절초

산등성이마다
곱게 피어난
구절초

작아서 소박한
꽃들인데

무리 지어
많이도 피어난
꽃들의 풍성함

바라보는 가슴마다
채워지는
행복으로 따뜻한 날들

새날은 오고

어스름 지나
밝아 오는 창밖

길고 무서웠던
밤이 지나간다

밝아 오는 아침
길어지는 장맛비

비는 여전히 내리고
또 내리는데

새날은 밝았다

서해의 일출

고운 해님
눈이 시리도록
찬란하게 밝은 빛

황홀하게 떠오르는
동트는 아침
온누리가 고운 빛
한가득 밝아 오네요

해 뜰 녘 아름다운
비경을 열어 주시는 해님

고맙고
감사함으로
오늘을 맞이합니다

한번쯤

마른잎새
바람에 날려가듯

가벼운
만남일지라도

세월이
많이 흐른 뒤에도

한번쯤 생각나는
그런 사람이었으면

노을빛

노을빛에
물 들고
싶어지는 가슴

진해져 가는
그리움들

눈물도
헤퍼져 가는
날들 되지만

그리움 하나든
작은 가슴은

감사한
오늘이 되는 것을요

철새들의 행진

줄지어 날아가는
작은 새들

단정하고 멋스러워
바라보고 바라본다

봐도 봐도 맑은 하늘
작은 새들의 행진

떠나온 고향 찾아
꿈 찾아가는 귀향길

현호색

고운 하늘색을 닮은
고운 꽃 현호색

이른 봄
약하고 여린 잎새들

꽃샘추위에 얼까 봐
졸여지는 가슴

작아도 너무 작아서
여리고 여린 꽃잎들

현호색 보고파서
산으로 가는 마음

메아리

있는 힘 다해
소리쳐 불러봤다.

메아리로 돌아오는
이름 석 자

그리움만 남아 버린
이름 석 자

세월이 갈수록
메아리만 담긴
이름 석 자

그리움만 남아 버린
가슴인 것을

가을이 오는 길목에서

아련히
떠오르는 얼굴
그리움인가

눈 감아도
떠오르는 얼굴

가슴에 둥지를
틀었나 보다

못 잊어 응어리진
그 작은 그리움 있어

풍요로운 삶
감사한 날들 됩니다

진달래

진달래
고운 꽃잎새
피어나는 봄날

따사로운 햇살이
안겨지는
길목이 되고

연분홍 화사한
고운 진달래 꽃잎새들

벌써 봄날인가
창밖을
내다본다

떡국 끓이는 소식

예전엔 몰랐지
새해 첫날 아침 떡국 끓이는 모습

아름다운 풍경으로
그려지는 그림이 될 거라는 걸

이젠 내 삶의 뒤안길로
잊혀진 날들인데

떡국 끓인다는 소식
나를 부럽게 하네

세월이 얼마나
더 많이 지나야 잊혀질까
그리움의 많은 추억들

상사화

잎새도 없이
붉은 꽃잎만 들어
하늘만 바라보는 꽃

그리움에 사무쳐
한 맺힌 서러움들

하소연하는
목메임인가

승하된 아름다움이
처연한 슬픔으로
되돌아 나오는 한인가

붉게 물든 아름다운 꽃산
머나먼 하늘 어느 날에나

한 서린 서러움이
하늘가에 가 닿을까

변산바람꽃

고운 바람꽃이
봄이 왔다고 가느다란 줄기에
속잎새 달아

작아도 또랑또랑
꽃열매 달아

어여쁜 꽃봉오리와
같이 오는 봄길

아름다운 봄날을 알리는
봄의 전령 바람꽃
여리디여린 고운 봄날

할미꽃

아름다운 할미꽃
대야장 지나는 길

어릴 적 뒷산 자락
야산에서 피어나던 할미꽃들

허리 굽고 등 굽은 체
부끄러운 듯 고개 숙여

수줍은 듯 피어나던
추억 속에
아련한 그리움들

대야장 그곳
화분 속에 피고 있었다

3부

좋았던 날들

이웃 친구와 가볍게 만나
쌍화차 한잔에
향기 그윽해지던 그 즐거움

시누이 동서 만나
보리밥 한 그릇 비벼
웃음 구수해지던 그 행복들

그리움이 되어 버린
잃어버린 날들 간절한데

언제쯤 돌아올까
해는 서산에 걸쳤는데

가을날

은빛으로
출렁이는 억새꽃

호숫가에서
곱게 물들어 가는

외로워 보이는
고운 잎새들

그리움만 남아
하얀 가을 풍경이
되어 버린

하얗게 물든
억새들의 고운 가을날

엄마의 장독대

뒷마당에
자리 잡은 엄마의 장독대

엄마의 행주 든 손
반짝반짝 빛이 나던 항아리들

정갈함이 묻어나는 장독대
항상 구수한 된장 냄새

맨드라미 빨강꽃이 피어 있던
장독대 한쪽 옆

부엌 뒷문 열면 닿을 것 같은
엄마의 장독대

물망초

보고 또 보아도
그리움 속에

파아란 하늘을 닮은
색감 때문인가

이름만 들어도 좋은 꽃
그땐 몰랐지

청색의 물망초가
좋은 것은

아직 만나 보지 못한
그리움 때문인가 보다

가을이 오는 길목

푸르름으로
넘쳐나는
여름색들 속에

태풍 따라온
빗속에 들어 있는
서늘한 바람

가을은
그 바람 속에도
조금씩 묻어오나 보다

오는 길 따라
조금씩 가을색으로 물들며
그렇게 오는가

맑고 푸른 하늘
올려다보는 눈은
기다림이었나 보다

연꽃 필 무렵

소박한 그 친구가
보고 싶다

연꽃이 피어나는
청운사

백련만 피던
청운사

친구야 보고 싶다

하얀 연꽃이라도
보러 가야겠다

가버린 넌 없겠지만
친구야

기다림은

가을
오는 길목인가

기다림의 계절
허무함의 날들

그리움만 남겨두고
가는 줄도 모르게
떠나버린 가을

흔적만 남기고
또 한 해는 가버리고

가을

가을비 속에는
그리움이
묻어 나오고

외로운 가슴엔
눈물이 고이는데

창밖에는
깊어가는 가을날
비가
소리 없이 내리고

더
진해지는
가을은
조용히 깊어 가는가

눈 속의 봄

봄이 오는 길목인가
매화꽃 잎에 안겨서
따라온 봄

예쁜 자태 자랑하는
눈 속의 화사한 매화 꽃잎새

조금은 낯설지만
꽃속에 묻어서 와 버린 봄

봄이 오는 길목은
설렘 속
그리움 같은 것

미운새 이야기

마당의
단풍나무에 찾아온
낯선 새 두 마리

예뻐서 반가이
맞으려는데
순간 날개를 펴는가 싶더니

연못 속 아기 금붕어를
덮치려 해
달려 나가며 쫓아 버린 새

또 올까 봐
금세 미운 새 되어버리고
야생의 본능 때문에

미워할 수밖에 없는 새가
내내 가슴에서 파닥거린다

으악새

바람에 흔들리는
은빛 억새들

그리움 품어 안은
가녀린 모습으로

기약 없는 기다림에 목이 마른
한 맺힌 외로움으로
아려오는 마음

기다리는 가을 속에
같이 피어나는 꽃

작은 참새의 죽음

연못에 떠 있는
작은 참새의 죽음은
슬픈 아침을 만들고

작은 금붕어들
새들에게 먹이가 되는 것이
안쓰러워 그물을 씌웠는데

뜻밖에도 그 그물에
참새가 갇혀
빠져나오지 못하고 죽다니

생각지도 못한 불상사
미처 생각하지 못한 황당한
일이라구

작은 참새야 미안해
그물 바로 걷었다구요

다신 이런 일
일어나지 않을 거야

추억도 행복인 것을

가는 세월이랑 함께
잊혀지는 것인 줄 알았는데

가슴에 자리 잡은
그리움은

제멋대로
구석진 곳에 숨어 버리고

이제야 살며시
고개 드는 추억들

풍요로운 삶인 것을 알아가는
추억들 있어
감사한 삶 됩니다

윤이

윤이는
막내 손녀의 이름
설 윤이

언제 보아도
활짝 웃으며 뛰어오는
윤이

손녀가 다섯
손자가 하나

제일 막내 윤이는
재롱둥이

할머니 치매 예방을 위해
게임 기구를 들고 와

나랑 게임을 하고 가는
나의 손녀

키도 훌적

커버린 윤이는
고등학생인데

지금도 만나면
할머니 옆에
딱 붙어 앉는 예쁜이

가끔씩 전화기 속에서
언제와요 할머니

손녀의 어리광 부리는
목소리는

할머니 귀에는
행복의 메아리들

무제

생각나는 사람
외로움이 감싸는데

눈만 감아도
선명하게
떠오르는 얼굴

못 잊어 응어리가
되어 가는데

그래도
그 작은 그리움 있어
소중한 날들 됩니다

동백꽃의 봄

흩어짐 없이
그대로 땅에
떨어져 쌓이는
꽃송이들

빨간 꽃송이들도
멋스런 봄날

예쁘게 피어나는 꽃송이
곱게 사라져가는 단정함

사철 푸른
동백나무 잎새들

봄날은

그리움의 봄날
벌써 벚꽃이

꽃비 되어
바람에 날리고

짙어지는
녹음되어

조금은 낯선
어설픈 봄날에
화들짝 놀라고

그리고
봄날은 가나 보다

까치 손님

아기를 기를
둥지를 마련하나

마른풀 꺾어
입에 물고 겁도 없이

내 앞을
서성이네

이른 아침부터
마른 잔디 꺾으러 온 까치

반가운 손님
행여 훌쩍 날아갈세라

숨소리도
죽여 가며 바라만 본 까치

감사가 넘치는
행복한 아침

가을은 가는가

84

가을은 가나 보다
자꾸만 움츠러드는 추위

어제만 해도
곱게 물든 낙엽

아름다운 단풍들
백양사 고운 은행 잎새들

가을은
깊어지나 보다

송림사의 단풍

조용한 산속 골짜기를 찾아
한적한 산사 송림사

며칠 쉬어 가고 싶은
그런 풍경들
곱게 물든
아기단풍들의 고운 잎새들

다음 가을에도
오고 싶은 단풍숲

단풍숲 예쁜 색감들에 자꾸만
뒤돌아보며
또 돌아보며 나오는 발걸음

가을꽃 억새

가을이 오면
떠오르는 하얀 꽃들

길가에 조촐하게 피어져
바람에 하늘거리는 억새

민들레 홀씨처럼 바람에 날려
금방 떠나 버릴 것 같은

마음 한구석 비어져 가는
슬픈 가을날
훨훨 퍼져갈 억새의 고운 꽃잎새

만날 수 있다는 꿈
오늘은 가슴에 담아 본다만

오는 가을
바람에 흔들리는 널 볼 수 있을까?

첫눈

생각도 못했는데
눈이

그것도 첫눈이
펑펑 쏟아지는 날

준비도 안 되었는데
불쑥 찾아온 불청객

너무 곱게 물든
단풍 때문인 거야

아직은 먼 겨울이라 생각했지
벌써 겨울이라니

허무한 가슴은 더 춥기만한데
겨울은 이렇게
와버렸다

하얀 동백

이렇게
아름다운 걸

그저
붉은 동백만큼

그렇겠지
했는데

참으로
아름다운 하얀 꽃

우아한
귀품이 들어진
곱고 고운 꽃

오는 봄날엔
하얀 동백꽃 하나
사고 싶다

4부

오랜 그리움

행여
발자국 깊이 밝히도록 쌓일까

눈처럼
쌓이더라도 버리지 못한다면

둥지를
틀라고 버려두자

쌓인 눈
녹아내리듯 세월 가면

희미한
그림자로 남아 있겠지

그리움 하나
남아서 풍요로운 삶 될지도 몰라
그리움도 행복인 것을

첫눈 내리던 겨울밤

꽃 잎새
나폴나폴 날리던 날처럼

춤추며
내리는 눈송이들

가버린
날들의 추억들이
그리움으로 젖어 오는데

소리 없이
내리는 눈송이들

겨울밤의
처량함이 가슴 아려 오네요

그리움의 조각들

그리움으로
젖어지는 날들
낙서 같은 편지를 쓰고 싶다

날이
어스름 밝아 올 때까지
썼다가 지우고
지웠다가 또 써보는

아쉬움들로
응어리져가는 아픔

다
보듬지 못할 그리움이라면

속 울음
삼키며 끌어안고 살아보자

내
그리움의 지난날들을

씀바귀나물

이 겨울날
씀바귀 노랑꽃을 본다

반쯤
비어버린 화분에
하필이면
씀바귀나물이 크고 있었다니

봄이
오는 길목도 아니고

가을이 가고
겨울이 되어버렸는데

씀바귀
너는 어쩌자고 노랗게 꽃을
꽃을 피운 거냐

이 겨울
잎새도 무성하게 자랐구나

전주 향교

곱게 물든
은행 잎새들

아름답게
물든 가을날

땅에 깔린
잎새들도 밟기
아까워지는

가을날의
아름다운 절경

허상

볼 수가 없는
허상이
그리움이라 했다

알면서도
가슴 가득 차오르는
보고픔들

한숨 삼키며
살포시
돌아서는 가슴엔

허무함만 남는
파도 소리들

순천만의 겨울맞이

잎새들
다 져버린 감나무

홍시가 되어
말라가는 감들

새들의 먹이가 되어가는
가을의 끝자락이 되고

말라가는 억새들은
가을과 이별 준비 중인

순천만의 겨울맞이 풍경들

빼앗긴 일상

빼앗긴 일상 들에도
봄은 오고 가고
여름도 오고 가고

편안했던 그 시절
그리움만 남았는데

삼복더위 속에서도
코로나 19와 동행해야 하는
얼어붙은 세상

그날의 작은 일상들을 부르면
어찌하란 말인가
계절은
그렇게 오고 가는데

눈이 내립니다

화단에 국화는
미쳐 시들지도 않았는데

쌓인 눈 녹아내리면
늦어진 국화야

네 모습 어이 될까
눈은 내리고 내리는데

눈 속의 봄

봄이 오는 길목
매화 꽃잎에 안겨 따라온 봄

예쁜 자태 자랑하는
눈 속의 화사한 매화 꽃잎새들

조금은 낯설지만
꽃 속에 묻어
와 버린 봄날

봄이 오는 길목은
설레는 그리움 같은 것

슬픈 해바라기

작은 꽃잎에
커다랗게
피어난 해바라기

오늘도
열심히
해님 따라가는 길

꽃이
너무 무거워
가든 길 멈춰 서 버린

안쓰러운
가분수로 커 버린

꽃송이들의
슬픈 이야기들

가을의 끝자락

가을의
끝자락인가 보다

이젠 이별도
가슴에 담아 두어야 할 때

노을과 마주 서 버린 삶
아름다운 낙엽들

조금은 슬퍼지는
가을의 끝자락

눈이 내리는데

눈이 쏟아지는 하늘
갑자기 겨울이 되어 버리면
어쩌라구요

화단의 국화들 곱게 피어
아름다움의 절정인데

갑자기 쏟아지는 눈들만
망연히 바라 봅니다

아직 겨울준비도 안되었는데

벌써 눈은 내리고
가을은 가버리고~~~

쥐똥섬의 일출

아름다운
여운이 남아지는 고운 일출

새날을 열어 주시는
아름다운 빛들의 찬란함

온 세상 가득
행복으로 채워 주시는 아침

새날의 해님이
작은섬 쥐똥섬 딛고 올라오신 날

영취산 진달래

잎새보다
먼저 피어나는
아름다운 진달래

온 산이
진달래 꽃으로
불타는 꽃산

온 산을
붉은 꽃으로
물들인 봄날

가슴에 들어진
고운 진달래는

추억 속에 끼워둔
고운 봄날

행복

그리움의 실체는
잡을 수도
볼 수도 없는데

가슴에 자리잡고
마음 한가득
설레게 하는 그리움

그리움도
행복인 것을
이제야 알아갑니다

노을

고운 노을빛으로 물든
서편 하늘

바라보는 것만으로도
황홀한 노을들

아름다운 꿈이
담겨진 해님

고운 노을빛으로
아쉬움 남겨 둔 채

조용히 서산을
넘어가시네요

일출

오늘도
새날을 열어 주시는
해님 앞에

한없이 작아지는
나를 봅니다

찬란한 새날을
맞이하게 해주시는

사랑 앞에
겸손히 고개 숙입니다

아침이 올 적마다
감사와 사랑으로 바라보는

아름다운 날들이
행복으로 안겨 옵니다

코스모스

기다림 들어 있는
허무함이 머무는 계절

곱게 피어난 가을꽃
코스모스

노을빛에
곱게 물든 꽃들이

작은 바람에도
예쁘게
하늘거리는 코스모스

그리움 되고

세월이 더 할수록
그리움으로 채워지는
그리움 그리움들

소리쳐 불러도
돌아오는 메아리는 없고

기다림 같은 건
없습니다
그리움만 쌓일 뿐
가슴에 남은 추억들

기다림 같은 것은
없습니다
다만 보고픔일 뿐

청보리밭

누렇게 익어 가는
청보리밭

바라만 보아도
흐뭇해지고

춘궁기를 넘겨주던 그 시절
고마움의 양식

보리피리 만든다고
철없이 꺾어 대던 철부지

작은 바람에도
누런 물결 이는 청보리밭
정든 고향의 기억들

희미한 그림자처럼

비어버린 가슴엔
조용히 고개 숙인 그리움들

어느 날엔가
세월이 많이도 가버린 후

남겨진 기억 속엔
좋았던 추억만 남기를

희미하게 빛바래 버린
사진 속의 그림자들처럼
희미하겠지만

5부

늦깎이 국화꽃

다른 꽃들
자랄 때엔 뭘 하시고

늦깎이
되시었나요

다른 꽃들은
벌써들 고운 꽃잎이 피었는데

가을의 끝자락
곱게 장식하는 것도

괜찮은 꽃놀이
될 것 같기는 하네요

동백정의 봄

찬란한 햇빛에
반짝이는
아름다운 물결들

물결 출렁이는 망망대해
서해 바다 먼 수평선

출렁이는 물결 소리
자장가 삼아

예쁘게 피어나는
고운 동백꽃들의
아름다운 봄날

라일락꽃

봄이면 연보라 라일락꽃이
곱게 피어납니다

지금은 가버리고 없는 친구
남편과 사별한 나를 위해
심어 주고 간 라일락

마당에 내려서면
연보라 꽃 향긋한 향이
가슴 아려옵니다

가버린 친구야
나는 어디에 마음 붙들어
매야 할까

저 고운 라일락꽃은
은은한 보랏빛으로
오늘도 곱게 피어난
봄날인 것을

희미한 그림자 되어

그리움이 한가득
밀려오는 밤이면

빗속에 그려지는
지난 날들의 추억들

아려오는 한가닥
그리움은

이 밤도 눈시울이
젖어지는
비가 내리는 밤

봄꽃

꽃이 피어나니
그냥 좋은걸요

아직은 찬 바람이
옷 속으로 파고드는데

거실엔
봄이 온걸요

하얀 히아신스
몇 송이의 화사한 봄날

그리움 하나가

그리움 하나
들어진 작은 가슴은

눈물도 헤퍼져 가는
날들 되지만

그리움 하나
들어진 작은 가슴은

그 풍요롭던
추억들이 길잡이 되어

삶의 지팡이가 되고

감사한
오늘이 되는 것을요

하얀 목련꽃

빛바랜
희미해진 추억
되었지만

하얗게 피어나는
목련꽃 속에

묻어 나오는
희미한 기억 속의
그리움

많이도 가버린
세월 속에
어떤 모습일까

아련한 그리움
되어버린

목련꽃 하얀 꽃잎들

서해 바다

망망대해
서해바다의 해질녘은
아름다웠습니다

해질녘의
하늘은 고운 노을빛으로
황홀하게 물들고

바닷속에도 들어진
화려한
고운 노을빛

문광 저수지의 새벽

우아함이
풍기는 저수지 새벽 풍경

물안개
모락모락 피어오르는

꿈속인 양
아름다움의 극치를 이룬 신비함

찬란하게
떠오르는 눈이 부신 해님

황홀함으로
아름다운 새날을 열어 주시는

해님 앞에
두 손 모아 감사의 기도 드립니다

갑자기 봄날

갑자기 봄날
어리둥절 봄기운에

아직은 봄이 아니야
봄은 아니라구

입으로 되뇌어보며
하늘을 본다

아침부터 물안개
피어오른 하늘
아직 봄은 더 있어야겠지

우수 경칩도 지나야
봄은 오겠고

그래도 수선화
파란 잎새들
새싹은 나오더라

샤프란

하얀 눈 속에 핀
노란 샤프란 고운 꽃들

밤사이에 얼까 봐
맘 조려 오는데
예쁘게 웃고 있네요

노란꽃 봉우리들
봄이 오는 길목을
장식하는
봄맞이 꽃인가

고양이의 고민

고양이는
앞발 내어놓고
편한 자세로 엎드리고
열심히 꽃만 바라본다

꽃이 예뻐서
살짝 건드려 본 것 뿐인데
어린 고양이
놀랄 만도 하지

살짝 털끝만 발을
대었을 뿐인데
고운 미모사 오그라들어
질겁을 한 고양이

미모사 아름다운 꽃
연분홍 고운 색감은 곱기도 하네

벚꽃이 지는데

한숨 같은 바람에도
곱게 날려

물에 떨어지는 꽃 잎새들
물결치는 대로

이리저리 흔들리며
하늘만 바라보는데

안쓰러워
바라보는 마음 알까

젖어버린 잎새들
발에 밟히는 것 보단 나을까

노을 이야기

곱게 단장하지 않아도
눈이 부신 당신

자연 그대로
황홀한
당신의 모습은

경이롭고 신비함으로
떨려 옵니다

감사함만 담아서
사랑의 눈으로
바라봅니다

아름다운 노을빛으로
곱게 물든
서해의 석양을

눈이 내리고

입춘도 저만치
파고드는 매서운 추위

가야 하는 동장군의 심술인가
마당에 쌓인 눈
어제보다 더 많은데

바람 불어
나뭇가지에 얹힌 눈들
털어내지만

해님 오셔야 마당은 녹아질 터
해님 기다리는 아침
눈은 내리고 또 내린다

그리움으로

그리움으로 가는 길목엔
풀향기 같은
부드러운 내음이
걸음을 멈추게 한다

되돌릴 수 없는 아쉬움들
지나버린 후에야
알게 되는 삶의 이치

후회로 얼룩지는 가슴앓이들
젊음의 기억들은
그리움으로 메아리 되어간다

하얀 목련꽃 2

아름다운
목련꽃 봉오리

눈 부시게 아름다운
하얀 꽃 잎새들

그리움으로
젖어오는 고향의 고샷길

울 너머로
보이는 귀티 흠씬 풍기는

하얀 목련
고귀한 아름다운 꽃들

아름다운 나팔꽃

진한 남빛 위에
엎어진 순백의 나팔꽃 두 송이

아름다운 나팔꽃
딱 한 번이라도

키워보고 싶은 욕심이
놀라게 합니다

본 것만으로도
감사함인 것을요

잠 못 드는 밤

하얗게 지새우는
밤들이 늘어만 가는데

가버린 젊은 날들에
애틋한 그리움들

회한으로
얼룩지는 눈물들

지나버린
날들이 너무 아쉬워

멍들어 가는 가슴앓이들이
잠 못 이루는 밤이 되는가

가을은 오고

가을 냄새 풍기며
길마중 나온

잠자리들의
춤사위들

가을이 오는 길목에
접어드나 보다

그리움도
같이 오는 가을날인걸

시인의 마음과 언어
장옥순 시집 『떠난 후에야』

김태경(전 경희대 후마니타스칼리지 교수, 철학박사)

들어가기

철학자 하이데거는 '언어는 존재의 집이다.'라고 말했습니다. 우리 시인의 마음에는 추억, 그리고 계절, 꽃과 같은 아름다운 자연 등이 떠올랐습니다. 비록 마음에 떠오른 것들이어도 이것들은 존재이며, 또한 언어로 표현될 것들입니다. 그러므로 마음의 표상들은 언어를 통해 존재의 자격을 얻습니다.

우리는 삶에서 그런 존재들을 무수히 만납니다. 그러나 그것들 가운데서도 특히 시인의 마음에 와 닿는 것들이 있겠지요. 그것은 아마 시인의 인생 연륜과 깊이 덕에 그의 관심의 대상이 되는 행운을 얻었을 것입니다. 그것들은 시인의 삶의 깊이에서 우러난 언어들을 통해 시들로 탄생합니다. 그러니 그렇게 모습을 드러낸 시들은 오롯이 그의 인생의 깊이를 반영한 것들이며 또한 그의 섬세한 감정이 이입된 아름다운 언어이기도 합니다. 주변의 존재들이 시인의 감정 언어인 '시'라는 집에 거주하게 되는 순간이지요. 시인의 그런 감정은 주관

적인 것이지만 그것이 시인의 아름다운 언어로 표현되는 순간 그것은 타인과 소통할 수 있는 상호주관적인 시가 됩니다.

이 시점에서 시인과 시를 읽는 타인과의 감정의 공유가 이루어집니다. 물론 서로 감정을 공유하더라도 개인차는 있겠지요. 그렇더라도 '시'는 존재와 감정을 언어로 표현하는 최고의 수단입니다. 시인의 자유로운 마음은 그것이 가는 대로 마음에 와 닿는 것들을 아무런 구속도 없이 진솔하게 표현합니다. 그래서 더 공감이 갑니다.

그 마음은 어떤 것들에 대해서는 그리움을 그리고 애틋함을 가지면서도 또한 그것들에서 희망과 행복을 품기도 합니다. 80여년 연륜으로 세상을 보는 눈이 이런 작품들을 만들어 냅니다. 특히 시인의 눈에 비쳐진 것들은 사계절의 변화, 즉 봄의 벚꽃, 여름의 해바라기, 가을의 억새, 겨울의 동백꽃 등이며 그것들을 섬세한 감정으로 그려냅니다. 이에 더해 추억, 고향집, 친구, 계절, 세월, 그 밖의 자연에 있는 것들도 묘사합니다. 이것들은 크게 두 범주로 분류될 수 있을 것입니다. '추억'과 '자연'입니다.

추억

우리는 시간 속에 던져진 존재입니다. 그러니 우리는 시간으로부터 자유로울 수가 없습니다. 지나간 시간에 얽매이고 앞으로 올 시간을 설계합니다. 특히 앞으로 살아갈 시간이 많은 젊은 시절에는 미래만을 바라보며 달려갑니다. 과거를 되돌아볼 여유가 없습니다. 그러나 인생의 노년에 이르면 살아갈 시간보다 살아온 시간이 훨씬 더 길어서 지금까지 살아온 삶을 반추합니다. 살아온 삶을 되돌아 볼 때, 나에게서 과거는 그리움, 아쉬움, 회한 등의 대상이 됩니다.

그런 것들이 감정으로 승화되어 타인과 대화를 나누게 되면 그 대화는 인생의 깊이를 담은 아름다운 서정시가 될 것입니다. 그런 시들에 대한 느낌은 저마다 다를 수 있습니다. 그래도 아름다운 시를 창조할 수 있는 시인의 섬세한 감정은 인생의 깊이에서 묻어나오는 향기와도 같습니다. 그 향기가 가져다주는 감동은 누구에게든 자신의 인생을 돌아보게 만들며 또한 짙은 여운으로 남을 것입니다. 그 시들은 시인이 흘러간 시간 속에서 그때그때의 모티브들을 통해 인생을 바라본 것들이기 때문이지요. 계절, 그리움, 꽃, 찻집, 엄마의 장독대 등이 그것들입니다.

이를테면 계절의 시작인 봄은 시간의 흐름을 알려주는 동시에 그 흐름을 안타까워하게 하는 마음, 즉 그리움을 안깁니다(「봄이」). 그러면서도 시인은 그 그리움을 자신의 몫으로 받아들이는 성숙한 마음을 보여줍니다(「내 몫」). 더 나아가 그리움마저 행복을 만들어 준다고 합니다(「그리움은」, 「추억도 행복인 것을」, 「행복」).

　그리고 한 해가 가버리는 빈둥지 같은 가을날의 눈물도 역시 감사함으로 받아들이고 있습니다(「세월」). 흘러가는 시간을 봄의 꽃샘바람과 아지랑이(「봄이 오는 길목」), '겨울의 노을빛'(「겨울의 해질녘」), '밤안개'(「밤안개」) 등에서 느끼면서 거기서 안쓰러운 마음과 동시에 행복을 노래합니다.

　무엇보다도 엄마의 장독대에 대한 그리움은 누구나 보편적으로 느낄 수 있는 어린 시절의 아름다운 감정입니다. 과거로 돌아가 엄마의 장독대를 생각하는 마음은 누구나 공감할 수 있다는 뜻입니다. 추억을 되새기는 시 하나 인용합니다.

뒷마당에
자리잡은 엄마의 장독대

엄마의 행주든 손
반짝 반짝 빛이 나던 항아리들

정갈함이 묻어나는 장독대
항상 구수한 된장 냄새

맨드라미 빨강 꽃이 피어 있던
장독대 한쪽 옆

부엌 뒷문 열면 닿을 거 같은
엄마의 장독대

「엄마의 장독대」　전문

자연

우리는 공간적 제약 하에 살아가는 존재입니다. 그 공간은 넓게는 우리를 둘러싼 자연과 그 안에 있는 것들이고 구체적으로는 내가 살아가는 생활공간일 수 있습니다. 인생의 깊이가 깊어지면 깊어질수록 이전에 보지 못한 주변의 것들이 삶의 눈에 포착되어 들어옵니다. 꽃도 새도 바다도, 일출과 노을도, 찻집도 고향집도 이전과는 다르게 새롭게 보이기 시작합니다. 노년의 시인은 이런 것들을 그냥 보아 넘기지 않을 것입니다. 어느 하나 아름답지 않은 것들이 없을 것이고 어느 하나 애틋하지 않는 것들이 없을 것입니다. 시인은 자연스럽게 그런 것들에 마음을 쓸 것이고 그것들에서 그리움과 희망, 그리고 소소한 것들의 소중함과 행복 등을 읽어냅니다. 그리움을 단순히 과거의 감정이 아닌, 현재의 삶을 더 의미 있게 만드는 희망과 행복으로 바라봅니다.

이를테면 바다의 파도소리를 겨울밤과 연결지으면서(「할미섬의 해질녘」) 자연의 경이로움과 쓸쓸함과 그리움을 표현하며 거기에서 또한 행복을 바라보는 미래지향적인 마음을 펼칩니다(「그리움은」). 인생의 긴 여정을 거쳐 온 시인은 고향을 찾아 날아가는 철새들의 날개 짓에서 인생을 보며 그 힘든 인생의 여정을 희망의 시선으로 보기도 합니다(「철새들의 고향 가는 길」). 마찬가지로 꿀을 찾아 날아다니는 나비의 모습도 안타까운 시선으로 바라보지만(「하얀 나비」) 그런 힘든 나비의 모습에서도 희망을 잃지 않고 노력하는 긍정 마인드를 표현합니다.

이름 모를 풀꽃에 대한 고마움과 사랑(「이름 모를 풀꽃」)을 노래하는 시에서 우리는 살아가며 마주치는 작은 것들의 중요성을 되새기게 하는 시인의 따뜻한 시선을 봅니다.

그런 따뜻한 마음 외에도 계절의 변화를 느끼는 섬세한 감정을 보여주는 시들도 있습니다. 이를테면 가을을 바람과 색을 통해 느끼고(「가을이 오는 길목」), 그 느낌을 눈으로 보지 않으면서도 생각할 수 있게 합니다. 봄의 아름다움을 바람꽃을 통해 감각적으로 노래함으로써(「변산바람꽃」) 자연의 섬세한 변화에 대한 경이로움을 느끼게 하기도 하지요.

또한 봄은 매화꽃에 안겨서 온다는 표현(「눈 속의 봄」)에서 우리는 겨울의 차가움 속에서 피어나는 봄의 생명력을 느낄 수 있으며, 계절의 변화가 가져다주는 깊은 감동을 경험할 수 있습니다. 더 나아가 매화꽃은 그 자체로 봄의 전령사로서, 기다림 끝에 찾아오는 새로운 계절의 기쁨과 희망을 전해줍니다.

자연을 노래한 아름다운 시 하나를 인용합니다.

잎새도 없이
붉은 꽃잎만 들어
하늘만 바라보는 꽃

그리움에 사무쳐
한맺힌 서러움들

하소연 하는
목메임인가

승화된 아름다움이
처연한 슬픔으로
되돌아 나오는 한인가

붉게 물든 아름다운 꽃 산
머나먼 하늘 어느 날

한 서린 서러움이
하늘가에 가 닿을까

「상사화」 전문

이런 시들 외에도 노을(「노을」), 일출(「일출」), 석양(「석양」) 등을 묘사하는 작품들도 있습니다. 우리는 일출을 통해 새날을 감사와 사랑의 시선으로 바라보면서 행복해 하는 마음을, 석양과 노을을 통해 시각적 아름다움과 지나가는 시간에서 느끼는 감정의 여운을 공감합니다. 이런 서정은 아쉬움과 그리움에서 희망과 행복을 그려내는 인생의 깊이를 보여줍니다. 지나온 긴 시간을 되돌아보며 희망으로 미래를 바라보는 시 하나 인용합니다.

바다 가운데 작은 산
올라앉은 해님은

하늘 빛들도
강물 빛들도
고운 노을빛으로

아름다운 노을빛에
보고 또 봅니다

저 노을빛에
흠뻑 젖어 보고픈 마음

바닷가에서 만난
석양의 고운 노을들

「석양」 전문

나가기

이런 시들은 시인의 삶에서 우러난 정서들의 표현들일 것입니다. 그 표현들은 살아온 삶만큼 그 폭과 깊이를 갖고 있어 헤아리기 어렵지만 그래도 독자들은 인생의 깊이에서 읽는 아름다운 서정에 공감할 것입니다. 그렇기에 여기에 수록

된 시들은 우리에게 삶에서 마주하는 일상과 자연을 한껏 상
상하면서 그것들을 긍정하는 마음을 읽게 합니다. 이렇듯 이
시들은 희망과 행복을 노래함으로써 잔잔한 위로와 공감을
주며, 또한 각자의 삶 속에서 자연과 추억의 아름다움을 재발
견하게 도와주기도 합니다.

떠난 후에야

초판 인쇄 | 2025년 7월 20일
초판 발행 | 2025년 8월 1일

지은이 | 장 옥 순
펴낸이 | 박 찬 후

펴낸곳 | 북허브
등록일 | 2008. 9. 1.
주소 | 서울특별시 구로구 구로중앙로 27다길 16
전화 | 02-3281-2778
팩스 | 02-3281-2768
이메일 | book_herb@naver.com
ISBN | 978-89-94938-62-2 (03800)
값 | 12,000원

 *저자와 협의하여 인지는 생략합니다.
 *잘못된 책은 바꾸어 드립니다.